U0469958

红色经典文艺作品口袋书

王贵与李香香

李季 著

本书编委会 编选

上海文艺出版社

目录

★

王贵与李香香 / 001

第一部 / 003

第二部 / 023

第三部 / 047

附录：

菊花石 / 069

盘歌 / 071

第一天 / 075

第二天 / 101

第三天 / 117

尾声 / 135

★

王贵与李香香

★

第一部

一　崔二爷收租

中华民国十九年，
有一件伤心事出在三边。

人人都说三边有三宝，
穷人多来富人少；

一眼望不尽的老黄沙，
哪块地不属财主家？

民国十八年雨水少，
庄稼就像炭火烤。

瞎子摸黑路难上难，
穷汉就怕闹荒年。

荒年怕尾不怕头，
十九年春荒人人愁。

掏完了苦菜上树梢，
遍地不见绿苗苗。

坟堆里挖骨磨面面，
娘煮儿肉当好饭！

二三月饿死人装棺材，
五六月饿死没人埋！

窨里粮食霉个遍，
崔二爷粮食吃不完。

穷汉饿的像只丧家狗，
崔二爷心狠见死他不救！

风吹大树嘶啦啦的响，
崔二爷有钱当保长。

一个算盘九十一颗珠，
崔二爷牛羊没有数数。

三十里草地二十里沙，
哪一群牛羊不属他家？

烟洞里冒烟飞满天，
崔二爷他有半个天；

县长跟前说上一句话，
刮风下雨都由他。

天气越冷风越紧，
人越有钱心越狠！

十八年庄稼没有收，
庄户人家皱眉头；

打不下粮食吃不成饭，
崔二爷的租子也难还。

饿着肚子还好过，
短下租子命难活！

王麻子三天没见一颗米，
崔二爷的狗腿来催逼。

舌头在嘴里乱打转，
王麻子把好话都说完：

“还不起租子我还有一条命，
这辈子还不起来世给你当牲灵①。”

“短租子、短钱、短下粮——
老狗你莫非想拿命来抗？”

一句话来三瞪眼，
三句话来一马鞭！

狗腿子像狼又像虎，
五十岁的王麻子受了苦：

浑身打烂血直淌，

① “牲灵”，即牲口。

连声不断叫亲娘。

孤雁失群落沙窝，
邻居们看着也难过。

“冬天穿皮袄为避风，
王麻子短租谷不短你的命；

“房子家产由你们挑，
打死我租子也交不了！”

毛驴撞草垛没有长眼，
狗腿子不长人心肝！

一根棍断了又一根换，
白落红起不忍心看！

太阳偏西还有一口气，

月亮上来照死尸。

拔起黄蒿还带根，
崔二爷做事太狠心！

打死老子拉走娃娃，
一家人落了个光踏踏！

冬天里草木不长芽，
旧社会的庄户人不如牛马！

二　王贵揽工

王麻子的娃娃叫王贵，
不大不小十三岁。

崔二爷来好打算，
养下个没头长工常使唤；

算个儿子掌柜的不是大[1]，
顶上个揽工的不把钱花。

羊羔子落地咩咩叫，
王贵虽小啥事都知道。

牛驴受苦喂草料，
王贵四季吃不饱；

大年初一饺子下满锅，
王贵还啃糠窝窝；

穿了冬衣没夏衣，
六月天翻穿老羊皮；

秋天收割庄稼一张镰，

---

① 陕北农村称父亲作“大”。

磨破了手心还说慢；

冬天王贵去放羊，
身上没有好衣裳；

脚手冻烂血直淌，
干粮冻得硬邦邦；

心想拔柴放火烤，
雪下的柴儿点不着了。

马兰开花五个瓣瓣，
王贵揽工整四年。

冬天雪大来年冬麦好，
王贵就像麦苗苗。

十冬腊月雪乱下，

王贵想起他亲大；

老牛死了换上牛不老，
杀父深仇要子报。

三　李香香

白灵子雀雀白灵蛋，
崔二爷家住死羊湾。

大河里涨水清混不分，
死羊湾有财主也有穷人。

死羊湾前沟里有一条水，
有一个穷老汉李德瑞。

白胡子李德瑞五十八，
家里只有一枝花；

女儿名叫李香香，
没有兄弟死了娘。

脱毛雀雀过冬天，
没有吃来没有穿。

十六岁的香香顶上牛一条，
累死挣活吃不饱。

羊肚子手巾包冰糖，
虽然人穷好心肠。

玉米结子颗颗鲜，
李老汉年老心肠软。

时常拉着王贵的手，
两眼流泪说："娃命苦！

"年岁小来苦头重，
没娘没大孤零零。

"讨吃子住在关爷庙，
我这里就算你的家。"

刮风下雨人闲下，
王贵就来把柴打。

一个妹子一个大，
没家的人儿找到了家。

四　掏苦菜

山丹丹开花红姣姣，
香香人材长得好。

一对大眼水汪汪，
就像那露水珠在草上淌。

二道糜子碾三遍，
香香自小就爱庄稼汉。

地头上沙柳绿蓁蓁，
王贵是个好后生。

身高五尺浑身都是劲，
庄稼地里顶两人。

玉米开花半中腰，
王贵早把香香看中了。

小曲好唱口难开，
樱桃好吃树难栽；

交好的心思两人都有，
谁也害臊难开口。

王贵赶羊上山来，
香香在洼里掏苦菜。

赶着羊群打口哨，
一句曲儿出口了：

“受苦一天不瞌睡，
合不着眼睛我想妹妹。”

停下脚步定一定神，
洼洼里声小像弹琴：

“山丹丹花来背洼洼开，
有哪些心思慢慢来。”

“大路畔上的灵芝草，
谁也没有妹妹好！”

“马里头挑马不一般高，
人里挑人就数哥哥好！”

“樱桃小口糜米牙，
巧口口说些哄人话。

“交上个有钱的花钱常不断，
为啥要跟我这个揽工的受可怜？”

“烟锅锅点灯半炕炕明，
酒盅盅量米不嫌哥哥穷。

“妹妹生来就爱庄稼汉，
实心实意赛过银钱。”

"红瓤子西瓜绿皮包，
妹妹的话儿我忘不了。"

"肚里的话儿乱如麻，
定下个时候说说知心话。"

"天黑夜静人睡下，
妹妹房里把话拉。"

"满天的星星没月亮，
小心踏在狗身上！"

五　两块洋钱

太阳落山红艳艳，
香香担水上井畔。

井里打水绳绳短，

香香弯腰气直喘。

黑呢子马褂缎子鞋，
洼洼里来了个崔二爷。

一颗脑袋像个山药蛋，
两颗鼠眼笑成一条线。

张开嘴瞭见大黄牙，
顺手把香香捏了一把：

“你提不动我来帮你提，
绣花手磨坏怎个哩？”

“崔二爷你守规矩，
毛手毛脚干啥哩？！”

“小娇娇你不要恼，

二爷早有心和你交。

“大米干饭羊腥汤，
主意早打在你身上。

“交了二爷多方便，
吃喝穿戴由你拣。”

香香又气又害羞，
担上水桶往回走。

崔二爷紧跟在后边，
腰里摸出来两块钱：

“二爷给你两块大白洋，
拿去扯两件花衣裳。”

香香的性子本来躁，

自幼就把有钱人恨透了。

一恨一家吃不饱，
打下的粮食交租了；

二恨王贵给他揽工，
没明没夜当牲灵。

脸儿红似石榴花：
“谁要你髒钱干什么！”

“死丫头你不要不识好，
惹恼了二爷你受不了！”

挨骂狗低头顺着墙根走。
崔二爷的醋瘾没有过够；

“井绳断了桶掉到井里头，

终久脱不过我的手。

“放着白面你吃饸饹，
看上王贵你看不上我?!

“王贵年青是个穷光蛋，
二爷我虽老有银钱。

“铜箩里筛面落面箱，
王贵的命儿在我手上。

“烟洞里卷烟房梁上灰，
我回去叫他小子受两天罪!”

★

第二部

一　闹革命

三边没树石头少，
庄户人的日子过不了。

天上无云地下旱，
过不了日子另打算。

羊群走路靠头羊，
陕北起了共产党，

头名老刘二名高岗，
红旗插到半天上。

草堆上落火星大火烧，
红旗一展穷人都红了。

千里的雷声万里的闪，
快里马撒①红了个遍。

紫红犍牛自带耧，
闹革命的心思人人有。

前半晌还是个庄稼汉，
到黑里②背枪打营盘。

---

① “快里马撒”，即很快很快的意思。
② “黑里”，即夜里。

打开寨子分粮食，
土地牛羊分个光。

少先队来赤卫军，
净是些十八九的年轻人。

女人们走路一阵风，
长头发剪成短缨缨。

上河里涨水下河里混，
王贵暗里参加了赤卫军。

白天到滩里去放羊，
黑夜里开会闹革命；

开罢会来鸡子叫，
十几里路往回跑。

白天放羊一整天，
黑夜不映一映眼。

身子劳碌精神好，
闹革命的心劲一满高。

手指头五个不一般长，
王贵的心思和人不一样。

别人的仇恨像座山，
王贵的仇恨比天高：

活活打死老父亲，
迩刻又要抢心上的人！

牛马当了整五年，
崔二爷没给过一个工钱。

崔二爷来胡日弄①，
修寨子买马又招兵。

地主豪绅个个凶，
崔二爷是个大坏髁！

庄户人个个想吃他的肉，
狗儿见他也哼几哼。

众人向游击队长提意见，
早早的打下死羊湾。

心急等不得豆煮烂，
定下个日子腊月二十三。

半夜先捉定崔二爷，
到天明大队开进死羊湾。

---

①“胡日弄”，即胡作乱为。

定下计划人忙乱，
——后天就是二十三。

二　太阳会从西边出来吗？

打着了狐子兔子搬家，
听见闹革命崔二爷心害怕。

白天夜晚不瞌睡，
一垛墙想堵黄河水。

明里查来暗里访，
打听谁个随了共产党。

听说王贵暗里闹革命，
崔二爷头上冒火星！

放羊回来刚进门，
两条麻绳捆上身。

顺着捆来横着绑，
五花大绑吊在二梁上。

全庄的男女都叫上，
都来看闹革命的啥下场！

连着打断了两根红柳棍，
昏死过去又拿凉水喷。

麻油点灯灯花亮，
王贵浑身扒了个光；

两根麻绳捆着胳膊腿，
捆成个鸭子倒浮水；

满脸浑身血道道，
活像个剥了皮的牛不老。

崔二爷来气汹汹，
打一皮鞭问一声：

“癞虾蟆想吃天鹅肉，
穷鬼们还想闹成个大事情？

“撒泡尿来照照你的影，
毬眉鼠眼还会成了精！

“五黄六月会飘雪花？
太阳会从西方出来吗？”

“老狗入你不要耍威风，
不过三天要你狗命！

《王贵与李香香》
人民文学出版社 1949 年版

"我一个死了不要紧，
千万个穷汉后面跟！"

"王贵你不要说大话，
说来说去咱们是一家。

"姓崔的没有亏待过你，
猴娃娃养成大后生。

"过罢河来你拆了桥，
翅膀硬了你忘了恩。

"马无毛病成了龙，
该是你一时糊涂没想通？

"浪子回头金不换，
放下杀猪刀成神仙。

"千错万错我不怪你，
年轻人没把握我知道哩。"

"老王八你不要灌米汤，
又软又硬我不上你的当；

"世上没良心的就数你，
打死我亲大把我当牲畜；

"苦死苦活一年到头干，
整整五年没见你半个钱；

"五更半夜牲口正吃草，
老狗入你就把我吼叫起来了；

"没有衣裳没有被，
五年穿你两件老羊皮；

“你吃的大米和白面，
我吃顿黄米当过年；

“一句话来三瞪眼，
三天两头挨皮鞭；

“姓崔的你是娘老子养，
我王贵娘肚里也怀了十个月胎！

“你是人来我也是个人，
为啥你这样没良心?!

“我王贵虽穷心眼亮，
自己的事情有主张；

“闹革命成功我翻了身，
不闹革命我也活不长；

"跳蚤不死一股劲的跳，
管他死活就是我这命一条；

"要杀要剐由你挑，
你的鬼心眼我知道：

"硬办法不成软办法来，
想叫我顺了你把良心坏，

"趁早收起你那鬼算盘，
想叫我当狗难上难。"

崔二爷气得像疯狗，
撕破了老脸一跳三尺高。

"狗咬巴屎你不是人敬的，
好话不听你还骂人哩！"

说个“打”字皮鞭如雨下，
痛得王贵紧咬着牙。

一阵阵黄风一阵阵沙，
香香看着心上如刀扎！

一阵阵打战一阵阵麻，
打王贵就像打着了她！

脸皮发红又发白，
眼泪珠噙着不敢滴下来；

两耳发烧浑身麻，
活像一个死娃娃。

为救亲人想的办法好，
偷偷地跑出了大门道，

一边走来一边想：
“王贵的命儿就在今晚上；

“他常到刘家圪捞去开会，
那里该住着游击队。

“快走快跑把信送，
迟一步亲人就难活命！”

三　红旗插到死羊湾

队长的哨子呼呼响，
挂枪上马人人忙。

听说王贵受苦刑，
半夜三更传命令：

“王贵是咱好同志，

再怎么也不能叫他把命送！”

二十四马队前边走，
赤卫军、少先队紧跟上。

马蹄落地嚓嚓响，
长枪、短枪、红缨枪；

人有精神马有劲，
麻麻亮时开了枪。

白生生的蔓菁一条根，
庄户人和游击队是一条心。

听见枪声齐下手，
菜刀、鸟枪、打狗棍；

里应外合一起干，

死羊湾闹得翻了天。

枪声乱响鸡狗乱叫唤，
游击队打进了死羊湾。

崔二爷在炕上睡大觉，
听见枪声往起跳。

打罢王贵发了瘾，
大烟抽得正起劲；

黄铜烟灯玻璃罩，
银镶的烟葫芦不能解心焦；

大小老婆两三个，
哪个也没有香香好！

肥羊肉掉在狗嘴里头，

三抢两抢夺不到手。

王贵这一回再也活不成，
小香香就成我的了。

越想越甜赛砂糖，
涎水流在下巴上。

烟灯旁边做了一个梦，
把香香抱在怀当中；

又酸又甜好梦做不长，
“噼啪”“噼啪”枪声响。

头一枪惊醒坐起来，
第二枪响时跳下炕。

连忙叫起狗腿子：

“关着大门快上房！

“那边过来那边打，
一人赏你们十块响洋。”

人马多枪声稠不一样，
二爷心里改了主张；

太阳没出满天韶，
崔二爷从后门溜跑了；

太阳出来天大亮，
红旗插在崄畔上；

太阳出来一朵花，
游击队和咱穷汉们是一家。

滚滚的米汤热腾腾的馍，

招待咱游击队好吃喝。

救下王贵松开了绳，
游击队的同志们个个眼圈红。

把王贵痛得直昏过，
香香哭着叫“哥哥”！

“你要死了我也不得活，
睁一睁眼睛看一看我！”

四　自由结婚

太阳出来满地红，
革命带来了好光景。

崔二爷在时就像大黑天，
十有九家没吃穿。

穷人翻身赶跑崔二爷，
死羊湾变成活羊湾。

灯盏里没油灯不明，
庄户人没地种就像没油的灯；

有了土地灯花亮，
人人脸上发红光。

吃一嘴黄连吃一嘴糖，
王贵娶了李香香。

男女自由都平等，
自由结婚新时样。

唐僧取经过了七十二个洞，
王贵和香香受的折磨数不清。

千难万难心不变，
患难夫妻实在甜。

俊鸟投窝叫喳喳，
香香进洞房泪如麻。

清泉里淌水水不断，
滴湿了王贵的新布衫。

“半夜里就等着公鸡叫，
为这个日子把人盼死了。”

香香想哭又想笑，
不知道怎么说着好。

王贵笑的说不出来话，
看着香香还想她！

双双拉着香香的手，
难说难笑难开口：

“不是闹革命穷人翻不了身
不是闹革命咱俩也结不了婚！

“革命救了你和我，
革命救了咱们庄户人。

“一杆红旗要大家扛，
红旗倒了大家都遭殃。

“快马上路牛耕地，
闹革命是咱们自己的事。

“天上下雨地下滑，
自己跌倒自己爬。

“太阳出来一股劲的红，
我打算长远闹革命。”

过门三天安了家，
游击队上报名啦。

羊肚子手巾缠头上，
肩膀上背着无烟钢。

十天半月有空了，
请假回来看香香。

看罢香香归队去，
香香送到沟底里。

沟湾里胶泥黄又多，

挖块胶泥捏咱两个；

捏一个你来捏一个我，
捏的就像活人托；

摔碎了泥人再重和，
再捏一个你来再捏一个我；

哥哥身上有妹妹，
妹妹身上也有哥哥。

捏完了泥人叫："哥哥，
再等几天你来看我。"

★

第三部

一　崔二爷又回来了

大红晴天下猛雨，

鸡毛信传来了坏消息。

拿了鸡毛信不住气地跑，

压迫人的白军又来了！

游击队连夜开到白军屁股后边去，

上级命令去打游击。

吹起哨子背起枪，
王贵没顾上去看香香。

死羊湾夜里听到信，
第二天大清早白军可进了村。

白军个个黑丧着脸，
就好像人人都短他们二百钱。

东家搜来西家问：
“谁家有人随了红军？

“谁家分了牛和羊？
谁家分地又分房？”

牛四娃分了一孔窑，
三查两问查出来了，

崔二爷的大门宽又高，
两根麻绳吊起了。

两把荆条一把刺，
混身打成肉丝丝！

白军连长没头鬼，
叉着手来咧着嘴：

“干井里打不出清水来，
天生的穷骨头想发便宜财！

“阎王爷叫你当穷汉，
斜头歪脑还想把身翻。

“仗着你红军老子势力大，

粪爬牛[1]还想推泰山！

“分的东西赶快往出交，
你们的红军老子靠不住了！”

绳子捆来刺刀逼！
崔二爷的东西都要回去。

狗腿子开路狼跟在后边，
崔二爷又回到死羊湾。

长袍马褂文明棍，
崔二爷还是那个髅样子。

东家溜来西家串：
“想发我姓崔的洋财是枉然；

① “粪爬牛”，即屎壳郎。

“前朝古代也有人造反，
这些事情不稀罕。

“世上有怪事，天上也一样，
天狗还能吃月亮；

“嘴里吃来屁股里巴，
月亮还是亮光光。

“自古一正压百邪，
妖魔作乱不久长。

“真龙天子是个谁，
死羊湾的天下还姓崔！”

本性难改狗吃屎，
崔二爷对香香心还没有死。

打发李德瑞去支差，
崔二爷来到他家里；

露着牙齿只是个笑：
“小香香我又回来了，

“过去的事情我全不记，
只要你乖乖的跟我去。

“你那红军老汉跑得没影踪，
活活守寡我心里不安生；

“不要再任性，你跟上我，
有吃有穿真受活。”

香香又羞又气又害怕，
低着头来不说话。

崔二爷当她顺从了，
浑身发痒心里似火烧。

屋里没人崔二爷胆子大，
照着脸上捏了一把；

顺水推舟亲了一个嘴，
——大白天他想胡日鬼①！

香香气急往外跑，
一边跑来一边叫。

满脸笑着把门堵住：
“女人家做事真糊涂！”

说着说着又上前，
香香把唾沫吐了他一脸；

① “胡日鬼”，即胡来、胡搞。

双脚乱踢手乱抓，
崔二爷脸上叫抓了两个血疤疤。

邻居们都来看热闹，
崔二爷害臊往回跑。

临走对着香香说：
“看你闹的算个啥？

“打开窗子把话说个明，
这一回你从也要从，不从也要从！”

二　羊肚子手巾

崔二爷他把良心坏，
李德瑞支差一去不回来。

老雀死了公雀飞出窠，
香香一个人怎过活？

有心去找游击队，
狗腿子照着走不开。

又送米来又送面，
崔二爷想把香香心买转；

请上这个央那个，
一天来劝两三遍；

硬的吓来软的劝，
香香至死心不变；

一天哭三回，三天哭九转，
铁石的心儿也变软。

人不伤心不落泪，
羊肚子手巾水淋淋。

羊肚子手巾一尺五，
拧干了眼泪再来哭。

房子后边土坡坡，
瞭见寨子外边黄沙窝。

沙梁梁高来沙窝窝低，
照不见亲人在哪里？

房子前边种榆树，
长的不高根子粗；

手扒着榆树摇几摇，
你给我搭个顺心桥！

隔窗子瞭见雁飞南，
香香的苦处数不完。

人家都说雁儿会带信，
捎几句话儿给我心上的人：

“你走时树木才发芽，
树叶落净你还不回家！

“马儿不走鞭子打，
人不能回来捎上两句话；

“一圪垯石头两圪垯砖，
你不知道妹妹怎么难；

“满天云彩风吹乱，
咱俩的婚姻叫人搅散。

“五谷里数不过豌豆圆，
人里头数不过咱俩可怜！

庄稼里数不过糜子光，
人里头数不过咱俩凄惶！

“想你想的吃不进去饭，
心火上来把嘴燎烂。

“阳洼里糜子背洼里谷，
那达想起你那达哭①！

“端起饭碗想起了你，
眼泪滴到饭碗里；

“前半夜想你点不着灯，
后半夜想你天不明；

---

①“那达”，即那里。

“一夜想你合不着眼，
炕围上边画你眉眼。

“叫一声哥哥快来救救我，
来的迟了命难活；

“我要死了你莫伤心，
死活都是你的人。

“马高镫短扯首长，
魂灵儿跟在你身旁。”

刘二妈来好心肠，
香香难过她陪上。

得空就来把香香劝：
“可怜的娃娃不要伤心！

"有朝一日游击队回来了，
公仇私仇一齐报：

"活捉崔二爷拿绳绑，
狗腿子白军一扫光！"

三十三颗荞麦九十九道稜，
伤心过度香香得了病；

天不下雨庄稼颜色变，
面黄肌瘦变了容颜。

带病做了一双鞋，
含着眼泪交给刘二妈：

"刘二妈！这双鞋托付你，
我死后一定要捎给他。

“送去鞋子把话捎：
他只能穿我做这一双鞋子了！”

三　团圆

崔二爷来发了火：
“死丫头这样不抬举我！”

黑心歪尖赛虎狼，
下了毒手抢香香；

七碟子八碗摆酒席，
看下的日子腊月二十一。

崔二爷娶小狗腿子忙，
坐席的净是连排长，

当兵的每人赏了五毛钱，
猜拳赌博闹翻天。

香香哭的像泪人，
越想亲人越伤心。

红绸子袄来绿缎子裤，
两三个女人来强固①，

香香又哭又是骂：
“姓崔的你怎么不娶你老妈妈！

“有朝一日遂了我心愿，
小刀子扎进没深浅！”

听见只当没听见，
崔二爷躺炕上抽洋烟；

---

①“强固”，即强迫。

过足了烟瘾去看酒，
推推让让活像一群咬架狗。

你敬我来我敬你，
烧酒喝在狗肚里。

你恭喜来他恭喜，
崔二爷好比是他亲大哩。

崔二爷来笑嘻嘻，
“薄酒蔬菜大家要原谅哩；

“我娶这小房靠大家，
众位不帮忙就没办法。

“本来该叫她来敬敬酒，
酬劳诸位多辛苦。

"脑筋不转只是个哭，
往后闲了再叫她补。

"这个女人生来贱，
看不上有钱的要穷汉；

"穷骨头王贵挣又强，
胳膊扭大腿他犯不上。

"我和她这婚姻天配就，
东捣西捣没脱过我的手。

"从来肥羊大圈里生，
穷鬼们啥也闹不成。

"说来说去还不是我说的那句话：
太阳会从西边出来吗？"

喝酒赌博寨门口没放哨，
游击队悄悄进来了！

枪声一响乱喊“杀”，
咱们的游击队打来啦！

一人一马一杆枪，
咱们游击队势力壮！

大刀、马枪、红缨枪，
马枪、步枪、无烟钢，

白军当兵的哪个愿打仗？
乖乖的都给游击队缴了枪。

点起火把满寨子明，
庄户人个个来欢迎。

连排长没兵酒席桌前干着急，
崔二爷怕得钻到炕洞里。

连长跑了抓排长，
一个一个都捆上。

崔二爷浑身软不塌塌，
捆一个老头来看瓜。

连长翻身往外跳，
冷不防被牛四娃抓定了。

听见枪响香香笑，
十成是咱游击队打来了。

人逢喜事精神爽，
翻起身来跳下炕；

走起路来快又急，
看看我亲人在哪里？

队长跟前请了假，
王贵到上院来找她；

满院子火把亮又明，
不见我妹妹在哪里盛？

远远瞭见一个新媳妇，
上身穿红下身绿。

马有记性不怕路途长，
王贵的模样香香不会忘；

羊肚子手巾脖子里围，
不是我哥哥是个谁？

两人见面拉着手，
难说难笑难开口；

一肚子话儿说不出来，
好比那一条手巾把嘴塞；

挣扎半天王贵才说了一句话：
“咱们闹革命，革命也是为了咱……”

一九四五年十二月于陕北三边

附录：

★

菊 花 石

★

盘　歌

牧童：

要想和唱山歌不费难，
你晓得你家住在什么山？
你家吃的什么河里水？
山上什么出产养活你家几千年？
河里的什么宝贝天下把名传？

采茶女：

听你的山歌回你的音，
我家住在连云山，

我家吃的芙蓉河里水，
山上的木材竹林养活我家几千年，
河里的菊花石天下把名传。

牧童：

山上的采茶姑娘莫骄傲，
连云山和哪架名山紧相连？
什么人山上举红旗？
什么年间火烧天？
什么人残杀工农群众万万千？

采茶女：

山下的牧童哥哥仔细听，
连云山和井冈山紧相连，
毛主席和朱总司令山上举红旗，
一九二七年火烧天，
蒋介石残杀工农群众万万千。

牧童：

看见过红茶花你记性好，

什么人刻菊花石手艺高？

什么人师兄妹结夫妻？

什么人当红军带着刻石刀？

什么人八年血泪刻成了无价宝？

采茶女：

牧童哥哥你莫弄巧，

老工匠父女俩手艺高，

荷花女师兄妹结夫妻，

聂虎来当红军带着刻石刀，

荷花女八年血泪刻成了无价宝。

牧童：

采茶女就像巧嘴鸟一般，

什么人夺宝偷进连云山？

万丈深崖什么人跳？

什么人常常叫人留想念？
唱起山歌泪涟涟。

　　采茶女：
这些事儿怎能把我难，
采茶姑娘件件记得全；
要想听我从头到尾唱，
你就天天放牛在茶山下，
听我一句不漏地唱个完。

★

第一天

一　菊花石

采茶姑娘唱山歌，
泪水滴湿青草坡。
唱到伤心处哥莫啼，
唱到欢喜处哥且乐，
听了山歌记心窝。

此歌出自连云山，
芙蓉河两岸都传遍。

山上出歌山下传，
采茶姑娘记得全，
唱起山歌泪涟涟。

太阳出来满天红，
山山岭岭绿盈盈：
高的是杉树不老松，
低的是茶树满山岭，
不高不低紫竹林。

河边杨柳排成行，
大船小船穿梭忙。
山冲里稻田冒绿尖，
田埂上走着采茶娘，
姐姐采茶妹采桑。

芙蓉河有九十九道湾，
道道湾里好行船。

夏天涨水船似箭，
冬天水落把船挽，
挽船的码头林家湾。

林家湾前架木桥，
芙蓉河里出奇宝：
清清河水深三丈，
河底的菊花石花样巧，
走遍天下难寻找。

石菊晶莹天然生，
花瓣四射香气浓。
不怕水冲不怕涮，
菊花石年年长新茎①，
石菊永世不凋零。

---

① 菊花石不能繁殖生长。但在菊花石工匠们神话般的传说里，却说石在年年生长。他们常对一块花纹不能称心的石头，惋惜地说："这朵花还没开好"，或"这个叶子正长着哩，再晚打一年就长好了"。

石匠下水凿石头，
工匠刻石思虑稠；
几多清晨到黄昏，
几多灯盏添新油，
几多青年变老头。

朵朵菊花白如雪，
花嵌石中硬似铁。
刻石人要有钢铁志，
一生一世不停歇，
老子死了儿孙接。

早不思茶午厌饭，
夜坐灯下不安眠；
几多钢錾成废铁，
几多手指结老茧，
直挺挺的脊背累得弓样弯。

匠心无师勤思量，
手巧单靠昼夜忙。
揣摩花纹难安睡，
梦里犹闻菊花香，
手心上画下新菊样。

世间从来无易事，
额上皱纹案上石。
刻石工匠年年老，
朵朵石菊岁岁新，
绞心呕血有谁知！

几多阳春到大寒，
几多太阳落西山，
块块石菊眼泪洗，
条条饥肠肚里转，
十个工匠九饥寒。

昼夜刻石昼夜忙，
缺少粮米缺衣裳。
缴不完的捐来纳不完的税，
月月都有新名堂，
税款要到刀尖上。

不采茶来不插秧，
年年还缴租谷粮；
团总霸占了芙蓉河：
“河底的菊花石本姓杨，
采我的石头就不能白沾光。”

天生地养的芙蓉河，
穷工匠再不能靠你过。
没有卖主没有契，
一句话变成姓杨的，
狗团总比虎狼还可恶！

缴罢捐税缴租谷，
苦熬一年连嘴也顾不住。
刻石桌前双泪流，
不刻石菊饿死人，
刻了石菊皮包骨。

年年刻石年年老，
家家工匠难温饱；
有心改业去种田，
作田汉也是活不了，
旱田里长不出绿秧苗！

二 老 工 匠

林家湾前柳成荫，
柳下住着刻石人。
须发雪白工匠老，
耳聋背驼生活贫。

老工匠的手艺赛神仙，
石堆里活过了五十年。
磨秃了的钢錾打铁锚，
芙蓉河大小船只用不完！

刻一个菊花长命锁，
外爷买去送外孙。
朵朵菊花工匠刻，
长大莫忘劳动人。

烟荷包上坠石菊，
作田累了提精神；
万顷荒野变绿田，
哪样离开了劳动人。

最恨绸衣富家子，
别人心血摆设玩。

作田汉买石菊米半升，

长袍马褂不答言。

树木要算杉树长，

不歪不斜笔杆样；

老工匠好比杉树干，

为人公正性子刚。

性情高傲手艺巧，

缺衣无食难温饱；

钢錾似筷花是饭，

端碗清水对着石菊笑。

三　盆　　菊

藕丝难吊顺风船，

无米难把锅盖掀。

工匠妻死只一女，

随父刻石拿刀錾。

女儿生在荷花节[1]，
起个名儿叫荷花。
莲花本是泥中生，
荷花生在穷人家。

洞庭湖的水手爱划大船，
老工匠的女儿不学针线；
一心随父亲学手艺，
女工匠的名声传得远。

工匠徒弟聂虎来，
年纪小来苦情长。
七岁死了爹和娘，
自小拜师当工匠。

---

① 民间相传，旧历六月二十四日，是荷花生日，又称荷花节。

石山长树木性坚，
师徒三人心一般：
宁愿天天愁柴米，
志在手艺不为钱。

工匠虽老心劲大，
自把终身比菊花。
立志刻一座全棵菊，
层层枝叶托菊花。

自古至今工匠多，
没听说谁能刻得枝叶全；
刻一个花瓶还得几个月，
刻一座盆菊得多少年！

听见装做没听见，
笑谈由你去笑谈；
石头虽然硬似铁，

总有刻成那一天。

我要刻出工匠苦，
我要刻出工匠巧；
我要人看了爱劳动，
我要人看了志气高。

三股麻线拧成绳，
从早到晚不歇工。
菜油点灯麻麻亮，
夜夜刻菊到天明。

从春到春夏到夏，
窗外杏花变雪花。
师徒三人刻盆菊，
一滴血汗一朵花。

盆菊未成花已活，

朵朵菊花似活托。
低头闻花香扑鼻，
成群蜜蜂花上落。

仰望连云山开怀笑：
“终生大志今实现，
拼上性命也要刻完，
让盆菊活它万万年！”

风吹桂花十里香，
为看盆菊车船忙。
作田汉放下稻不收，
铺子里不听算盘响。

老汉来看为长寿，
老婆来看为安康，
青年人为的看稀罕，
姑娘来描新花样。

四 训 徒

昼夜苦思把石刻，
耗尽心血骨如柴。
为刻盆菊再无石菊卖，
无钱难把布米买，
度日如年苦难捱。

衣不暖身肚里饥，
捐税租谷催得急。
团丁一天来几趟：
“有钱缴钱无钱缴白米，
无钱无米就缴盆菊！”

千年古树叶变黄，
工匠害病倒在床。
缺柴尚有虎来拾，
没钱哪能熬药汤，

没钱难闻稻米香。

听说工匠害了病，
东家来看西家问。
虽说都是穷亲邻，
一盅油盐一片心，
同病之人总相亲。

王七爹送来一碗米，
手扶工匠看盆菊：
“你的命也是大家的命，
你害病了大家出钱医，
赶快治好刻盆菊。”

自思年老精力尽，
工匠低头泪涔涔。
手拉兄妹俩站床前，
一生心血传后人，

句句话语血泪浸：

“刻石手艺似海深，
祖辈相传到如今。
子孙世代不改业，
爱菊犹如爱亲人，
石菊还比亲娘亲。

“学刻石菊无捷径，
手执钢錾刻一生；
为它生来为它死，
为它受罪为它穷，
心血熬尽才成功。

“学刻石菊心要专，
夏不知热冬忘寒。
刻菊就是刻自己，
工匠身影花上现，

人老花儿永鲜艳。

“刻菊莫怕花苦工，
蚂蚁能把山挖空；
决心忍受千般苦，
受尽折磨功终成，
一分劳动一分功。

“刻菊莫刻俗花样，
刻菊莫为几斗粮；
工匠良心现真花，
莫为贪财把花伤，
工匠单怕丧天良！

“朵朵菊花天生成，
枝枝叶叶胜人工。
工匠必看万朵菊，
枝长叶合记心中，

画竹要有竹在胸。

“九月遍地菊花黄，
石菊要比真菊香；
石菊花样年年新，
真菊岁岁一样黄，
巧夺天工真工匠。

“天生菊花虽然巧，
人刻石菊价更高。
工匠鲜血何处去，
滴滴流进石菊里，
石菊要用鲜血浇！”

五　赞　茶　歌

人凭志气虎凭风，
老工匠好比高山松。
贫病磨不倒钢铁志，

每见盆菊力气生，
总要把盆菊刻成功。

大病过后身体虚，
兄妹俩私下暗商议：
虎来借船荷花补渔网，
二人到前川去打鱼，
为父捉鱼养身体。

一望晴空万里蓝，
几片烟云当空悬。
为捉鲜鱼敬父亲，
兄妹双双到前川，
哥哥撒网妹划船。

小小渔船七尺多，
芙蓉河上唱山歌。
虎来唱歌鸟雀飞，

荷花唱歌鱼扬波，
船头唱歌船尾和。

虎来爱唱梁山伯，
荷花单唱祝英台。
二人本是师兄妹，
各人心思不用猜，
单等父亲把口开。

船泊龙潭深三丈，
芦苇深处鱼儿藏。
小声唱歌轻划桨，
虎来船头撒渔网，
条条鲤鱼竹篓装。

打鱼回来晒渔网，
荷花端上鲜鱼汤。
一对鲤鱼盘里放，

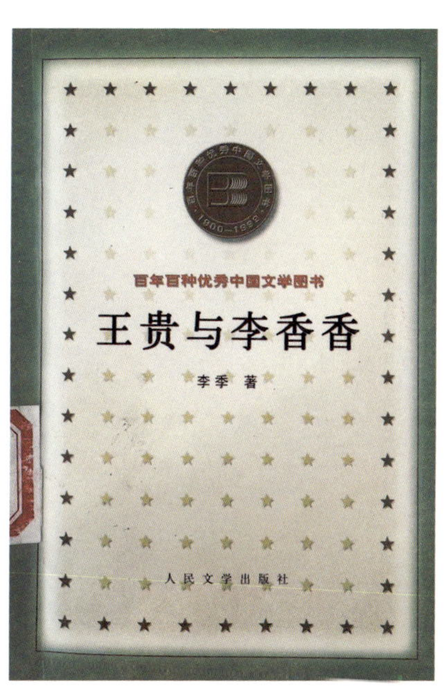

《王贵与李香香》
人民文学出版社 2000 年版

一对燕子飞上梁，
一件心事难为着老工匠。

田里熬药泡苦秧，
从小死了爹和娘。
深山石头硬似铁，
生就一个老虎样，
身强力壮志气刚。

腊梅单在冬天开，
泥巴里长出荷花来，
人小懂事手艺巧，
论人有人才有才，
但愿把荷花配虎来。

柏树配松万年青，
船遇顺风帆满张；
荷花虎来两相配，

一块石头两人忙，
师兄妹结亲恩爱长。

又是父亲又师傅，
又是师兄妹两相亲，
两人心里早有意，
两人早是意中人，
哪用媒人传话音。

师傅问徒弟无回话，
荷花含羞弄衣衫。
一转念猜透二人意，
老工匠喜在心里边，
喜期定在冬至这一天。

穷新郎配穷新娘，
没钱不能办嫁妆。
东家借件大红袄，

西家借件黑棉袍，
穷人还讲啥排场。

成群工匠来贺喜，
七手八脚装新房，
刻石桌当梳妆台，
盆菊摆在当中央，
满房菊花扑鼻香。

一杯清茶四两酒，
满桌子尽是穷工匠，
老工匠提壶添酒忙。
拜过花堂入洞房，
洞房里说笑闹嚷嚷。

一对红烛亮堂堂，
朵朵菊花放光芒。
吃过香茶要赞茶，

一人领头众人唱，
远年风习怎能忘。

赞　茶　歌

洞房喜气洋洋，
赞茶出口成章。

新郎手提茶壶，
新娘把茶端上。

吃茶就要赞茶，
嘴里吐出莲花。

一赞茶出临湘，
今夜要入洞房。

二赞茶出安化，
夫妻同刻菊花。

三赞茶是松萝，
夫妻两相谐和。

四赞茶是香片，
夫妻才貌双全。

五赞茶是雨前，
刻菊结成姻缘。

六赞茶是普洱，
早把盆菊刻完。

七赞茶是毛尖，
明年我送红蛋。

八赞茶是寿眉，
高堂长寿万年。

九赞香茶喝光，
大家快出洞房。

十赞新郎新娘，
夜短莫误春光。

★

第二天

六 颗 颗 红 星

世间不公平浪里船，
世间不公平像走山；
地主不劳动吃白米，
农民汗水浇稻田，
条条饥肠世代传。

颗颗白米汗水浇，
作田汉天天吃不饱。

打渔老汉不见腥，
采茶娘没有茶叶泡，
养蚕女穿不上丝一条。

千年血泪万年冤，
子孙世代往上添；
娘肚子生下干到死，
白骨堆成连云山，
芙蓉河的血泪流不完！

天旱地干活不了，
颗颗红星当顶照。
共产党领导建立了农协会，
山惊地动天火烧，
封建崽子都打倒。

阵阵狂风吹破厦，
倾盆大雨无情浇。

个个乡村开大会，
万雷齐鸣喊口号，
红旗举得比天高。

土豪劣绅乡里王，
把持都团逞威风。
而今天翻地皮动，
一切权力归农会，
都总团总不作用。

一朝天子一朝臣，
代代王法治穷人；
而今王法自己定，
减了租息减押金，
想要退佃把理论。

不准乱说不准动，
谁敢乱动看梭镖。

白刃闪闪带红缨，
农民看见情绪高，
土豪劣绅胆战惊。

地主恶霸要捣乱，
游乡问罪戴高帽。
往日出门坐轿子，
而今垂头又弯腰，
农民的胸脯挺有三尺高！

一只螃蟹八只脚，
不能横行洞里卧；
自从组织起农协会，
豪绅们浑身打哆嗦，
长沙城里把“祸”躲。

菊花石工匠立工会，
工会主席是老工匠。

虽说年老疾病多，
枯树开花红堂堂，
白天黑夜开会忙。

劳动人的王法劳动人定，
菊花石工会发命令：
不准谁再收租谷，
天生的芙蓉河要归公，
苛捐杂税废除净。

合伙下水采石头，
祖传的手艺要交流；
花样精巧主顾多，
工匠们再不为柴米愁，
鱼儿要活在水里头。

湘江大船遇顺风，
家家工匠赶夜工。

刻一块大印送给农协会，
刻一块工会的方印自己用，
菊花石大印多威风！

七　五月二十一那一天①

永远忘不掉一九二七年，
鲜血染红了五月二十一那一天，
天地变色太阳暗，
披着人皮的禽兽把本性现，
残杀工农群众万万千！

豪绅地主杨团总，
带领着“白布条”回了村。
见人就杀不计数，

---

① 即“马日事变”。一九二七年五月二十一日，反动军阀许克祥，受蒋介石密令，在湖南长沙发动反革命事变，屠杀革命群众。

杀得鸡狗躲山林，
芙蓉河水血染浑。

血洗村庄血洗山，
乌鸦吃人肉红了眼。
路断人稀河呜咽，
野狼争尸乱叫唤，
家家烟筒不冒烟。

洞庭湖也没有这仇恨深，
多少人家无后人；
虎狼吃人还留骨，
反革命杀人不留根，
他要杀绝咱劳动人！

农民自卫军打掩护，
男女老幼齐进山。
杀一阵来退一阵，

白刃红缨鲜血染，
杀到全村人撤退完。

烧了工会又烧农协会，
见人走动就开枪打。
“白布条”捉到了老工匠，
五花大绑吊在柳树下，
老工匠怒目挺胸破口骂。

听说盆菊是无价宝，
满屋子搜遍找不到。
挖地三尺不见影，
禽兽们逼着工匠要：
“拿出来盆菊把你饶。”

“癞虾蟆想吃天鹅肉，
茅坑蛆也想闻花香；
你懂得什么是手艺什么是美？

你们就知道钱是圆的票子方，
杀人喝血熬骨汤！

“想要盆菊也不难，
连云山上行得船，
早上的太阳西山出，
把你们的肥肉剁肉丸，
放在油锅里炸三天！”

骂得强盗们红了脸，
拿来了刻石的刀和錾。
问一声来扎一刀，
六十把刀錾都扎完，
遍身扎穿血如泉。

“一辈子拿刀刻菊花，
今天刀錾刻自家，
身带刀錾入土去，

仇恨穿心要发芽，
骨头上刻出红菊花。

“烧柴单烧竹子柴，
砍了竹子笋又来；
穷人翻身不怕死，
一人死了万人来，
杀了前代有后代！

“革命好比连云山，
砍倒树木你推不倒山！
洞庭湖后浪催前浪，
滔滔芙蓉河波浪翻，
世上的穷人你杀不完！”

老工匠死在大河边，
连云山上飘红旗。
一觉醒来再也不想睡，

为了革命为自卫，
山山岭岭尽是游击队。

连云山的石头硬似铁，
连云山的人心比铁坚；
决心和反革命干到底，
生在山上死在山，
渴死饿死不下山！

八 送 别

千船怒潮归大海，
万木朝向红太阳。
毛主席巨手挥大旗，
千百万农友举刀枪。

秋收时节暮云飞，
霹雳一声惊天地。
毛主席领导咱走革命路，

发动了秋收大起义。

翻天覆地势如暴风雨，
夺取枪枝捣毁团防局。
毛主席亲自来领导，
文家市胜利大会师。

军队叫工农革命军，
镰刀斧头绣红旗。
步枪鸟铳喷怒火，
梭镖大刀歼顽敌。

两朵红花一树开，
倾盆大雨浇不败。
荷花两眼看虎来，
虎来早想把口开：

“苋菜熬汤自带红，

革命大事靠工农：
带上刀錾我参军去，
你刻盆菊我去革命。”

正是夫妻送别时，
两眼热泪还未干。
突然一阵枪声响，
一队“白布条”来搜山。

两眼冒火泪不断，
血如滚汤往上翻。
自卫军似箭冲上去，
妇女们拿起石头当炸弹。

“白布条”个个胆稀松，
狗团总气得冒火星。
山上树多放大火，
他想把咱们烧干净！

风吹野火火头高，
强盗们乘势往上爬。
男女老幼齐叫喊，
搬起石头往下砸。

血溅火花分外红，
大火烧身不觉痛。
六十岁老汉抡扁担，
人人胸中冒火星。

杀退了左边杀右边，
冲上来的敌人都杀完。
自己人也死伤一多半，
眼看着敌人又冲上山。

农协会主席发命令：
顺路进山快撤退。

虎来带头去参加工农革命军，
留下的男女组织起了游击队。

身背盆菊荷花送虎来，
真想相抱哭一场；
想起了父亲添勇气，
老工匠的女儿当刚强。

“石榴结子颗连颗，
莫忘父亲莫忘我。
革命不比刻石菊，
千里夜路困难多。

“拿着父亲的刀錾刻盆菊，
没有刀錾我就把牙磨利；
聂虎来的妻子老工匠的女，
就是在油锅里我也要活到底！”

咬牙砍下一朵花，
一人一块带着它。
“一朵石菊分两半，
夫妻团圆菊开花！”

铁铸的汉子铁铸的心，
接过石菊看亲人：
一为惨死的老父亲，
二为天底下的劳动人。

“五岳翻身四海动，
石菊开花定重逢。
盆菊开花我必在，
革命一定能成功！”

★

第三天

九　只要山青石头在

连云山脉长又长，

黑了北山南山亮；

西方黑了走东方；

哪里有工农哪里就是家，

游击队到处是家乡。

翻过大山爬高岭，

到处有同志们来欢迎。

连云山是革命山，
哪一个山林里没有游击队？
块块石头血染红！

背着盆菊把山爬，
荷花两眼冒金花。
同志们要来替她背，
荷花含笑谢大家：
“就是死了也不离它！”

通讯员半夜送情报，
满山遍野齐欢叫，
人们高唱《国际歌》，
举着火把蹦又跳，
火光把人心都照亮了。

遍地红旗满天红，
处处工农齐革命。

根据地扎在井冈山，
我们的队伍叫红军，
工农政府主席是毛泽东！

人人欢笑人人喜，
个个都来看盆菊。
他们要荷花赶快刻，
刻好送到井冈山，
刻好献给毛主席。

东山放明西山暗，
反革命进攻更凶残。
半夜放火着不到亮，
天气越黑路越长，
熬过黑夜才能见太阳。

连云山高天气寒，
夜夜山洞睡石板。

青石褥子柴草被，

满肚子怒火总冒烟，

热血哪怕刺骨寒。

熬过寒冬到阳春，

草木发芽遍地绿。

只要山青石头在，

只要芙蓉河水流，

革命不成功死不休！

一〇　八年血泪

万山松柏万山青，

游击队扎在黄金洞。

有柴有水自种田，

没有房子住山洞，

千难万难为革命。

黄金洞是根据地，

三天两头下高山。
游击队像一把刀，
来时如闪去如电，
吓得“白布条”打冷战。

荷花有枪没刺刀，
作战就把钢錾拿。
一把钢錾两样用：
下山打仗刺敌人，
上山磨利刻菊花。

身背步枪带刀錾，
近用刀扎远用枪。
作战回来刻盆菊，
队伍出发她又跟上，
又是战士又是工匠。

忍苦耐饥刻盆菊，

希望活在人心里。
为的夫妻早团圆，
山川遍插大红旗，
为的救星毛主席。

苦熬苦战连云山，
血泪记在石上边：
刀刀錾錾留战功，
朵朵叶叶记苦难，
斗争意志比石坚。

无历难知月和年，
但见月亮缺又圆。
多少日子多少恨，
父死夫散不团圆，
泪珠欲流睫毛拦。

春穿单衣夏穿单，

秋凉没有夹衣衫。
寒风刺骨飘雪花，
手指冻僵泪冻干，
老天下雪不下棉！

夜夜山顶看星星，
郎星暗来贼星明，
银河横在天当中；
单等哪天红星现，
怀抱盆菊把郎迎。

男同志上山去放哨，
荷花和妇女们来做饭。
人多米少掺树叶，
为洗树叶到溪边，
冰下的流水刀一般。

山上无镜对水看，

脸色变黄嘴唇干。
请问溪中长流水：
你可来自井冈山，
毛主席可曾有话托你传？

一一　梦

山下的农民进洞报消息：
白军都调到江西去。
强盗们要进攻井冈山，
大队匪兵进苏区，
“围剿”中央根据地。

游击队长下命令：
连夜下山到平川。
乘机解放咱穷弟兄，
把敌人后方全打乱，
配合保卫井冈山。

荷花有病留山上，
带病刻菊不停歇。
紧咬嘴唇刻花瓣，
牙齿把嘴唇咬出血，
滴滴血珠冻成铁！

为什么我会刻得这样好？
为什么我会刻得这样巧？
分明是父亲暗中指点我，
分明是他早已安排好，
分明是咱们的人快要回来了。

虎来你怎么不放心，
怕我把盆菊刻坏了；
老工匠的女儿聂虎来的妻，
难道我比别人手艺低，
天底下还不数我荷花女！

叫你放心你就放心，
你看这花朵多爱人。
摆在花园里让人看，
它比真花还真三分，
真菊的香气不袭人。

我要刻出石菊美，
我要刻出工匠心，
我要父亲花上活，
我要花朵上留青春，
花朵上有着你和我。

一分血泪一分功，
一颗红心铁铸成；
盆菊本是革命花，
我刻盆菊为革命，
八年刻菊菊终成。

刻完盆菊风暴起，
闪电光下看盆菊：
朵朵菊花兵百万，
片片菊叶是红旗，
盆菊刻成革命定胜利。

八年血泪八年汗，
怀抱盆菊石上眠。
莫说人是肉长的，
石头铁块也熬瘫，
荷花女病倒在连云山。

……山峰似刀尖朝天，
千尺瀑布银练般。
这么窄的小路怎么走，
虎来你快拉一把，
吓得我出了一身汗。

这里路宽些你放手吧，
我看看你把什么挂胸上，
嗳呀，你怎么挂了这么多！
这都是些什么纪念章？
这上边印的什么人的像？

你说这都是奖章，
因为你打仗勇敢立的功劳多；
不要笑话我真的不知道，
快给我说这是哪一个，
你怎么嬉皮笑脸光看我？

怎么，这就是毛主席？
这就是毛主席的像！
什么东西也不要，
只要你一个小奖章，
只要一个毛主席的像。

不给就说不给的话，
支支吾吾还说啥！
你说这是人民奖的荣誉牌，
谁为人民立的功劳多，
谁才有资格把它挂。

说清了道理我不生气，
革命这些年难道我还不懂道理。
只顾看奖章差点把大事忘，
毛主席知不知道你是工匠，
他知不知道我在刻盆菊？

毛主席真是这样说的吗？
他说咱父亲死得有骨气，
他说刻菊花石是好手艺。
你给他说我叫荷花，
他说“希望她把盆菊刻成功！”

听说强盗们围攻井冈山。
为什么你今天这样闲？
你说早把敌人消灭了，
缴获的胜利品堆成山，
活捉白军好几万。

你看山上那么多的人，
打着红旗多威风。
怎么你一转身就走啦。……
呵，我原来还睡在山洞中，
哥哥呀，哪里来了这么多禽兽兵！

一二　夺　　宝

荷花睁眼看洞中，
里外挤满了禽兽兵。
“早就听说盆菊是无价宝，
它比真花还要精，
带回去献给杨团总。”

翻身跳上石案板，
把盆菊抱在怀中间。
脸色发青牙根硬，
一手抱盆菊一手拿钢錾，
钢錾对准禽兽们的脸。

“我们的队伍不在家，
因为害病被你们抓住啦；
要杀你就拿刀砍，
想命你们就开枪吧，
革命的人儿不怕杀！

“一把土想堵湘江水，
妄想把盆菊抢下山。
盆菊本是百世芬芳花，
你们这些猪脑遗臭万万年，
谁敢摸摸它我把他手砍断！”

强盗们上前夺盆菊，
荷花死命抱在怀。
匪兵头子下命令：
“把这个匪婆子捆起来，
她要不走就拿杆子抬！”

贼心胆虚老鼠怕见猫，
强盗们怕游击队回来了。
传下命令跑步走，
顺着小路往回跑，
三步并作两步逃。

游击队在山下得消息，
“挨户团”偷进了黄金洞。
塘里捉鱼空撒网，
如今飞鸟自投笼，
沿着小路截匪兵。

心急腿快一阵风，
路熟不怕道不平。
天没明时接火打，
一直打到日当顶，
遍山石头血染红。

“挨户团”四面被包围，
死的死来伤的伤。
强盗想来夺盆菊，
荷花抱住死不放，
盆菊像肉长身上。

盆菊若要被抢走，
八年的血泪化成水，
至死不能丢盆菊。
拳打脚踢夺不下，
刀尖对着荷花逼。

精神抖擞两眼圆，
纵身跳在万丈深崖边。
怀抱盆菊跳下去，
吓得匪徒们白瞪眼，
看着深崖打冷战。

狂风四起天地暗，
太阳藏在云里边。
游击队乘机总进攻，
杀声震撼连云山，
“挨户团”全被消灭完。

★

尾　声

牧童：

春风吹动竹林梢，
山上无声静悄悄。
但见茶树叶儿垂，
不闻枝头小鸟叫。

采茶姑娘莫悲伤，
快把底下的故事对我讲。
唱山歌就要唱到底，
有头没尾给人添愁怅。

采茶女：

听到的传言，问到的信，
有人说游击队早已撤走了，
荷花摔死盆菊也摔碎，
有人说这是反革命造的谣。

人们盼望她还活着，
有人恨不得她早死了；
叫声牧童哥哥莫心焦，
荷花女的下落我知道。

谁不希望盆菊万年红，
荷花女活在山歌中。
摔死了人儿摔不死心，
连云山芙蓉河作见证。

牧童：

船过山峡是湘江，

金鸡叫明东方亮。
你说荷花还活着，
这一段山歌怎么唱？

荷花活着盆菊在不在？
编山歌可不要忘了聂虎来！
他们俩现在住哪里？
盆菊的花儿还开不开？

采茶女：

听到的传言，问到信，
游击队还扎在连云山，
个个山头上都是游击队，
单等红军大队过来齐下山。

荷花跳崖跌伤了腿，
砍柴的救回去把伤养好。
幸好盆菊还没摔坏，

荷花决心去把虎来找。

千条水来万架山，
荷花上了井冈山。
红军大队长征了，
虎来受伤留在山上边。

河水养鱼树怜芽，
井冈山的人们爱他俩。
老婆认女伢喊姐，
跟着作田又采茶。

日出东洋大海边，
革命老家井冈山。
自从红军长征了，
山上的枪声永不断。

家家有人随红军，

十指连心不离分。
天上起云云迭云，
井冈山永不忘红军。

井冈山本是革命山，
种子扎根心里边。
盆菊埋在山顶上，
放下刀錾拿起枪。

有人亲眼见荷花，
又红又黑短头发。
跟着虎来去打仗，
谁知道她八年刻菊花。

黑夜里盼望着东方亮，
井冈山想念着好儿郎。
长尾巴喜鹊报喜信，
亲人就要回家乡。

毛主席的队伍兵强马又壮，
飞越黄河过长江。
“白布条”禽兽夹尾巴狼，
丢下枪炮逃命忙。

又是红旗耀人眼，
亲人们回到了井冈山。
荷花虎来去带路，
新仇旧恨一起算。

消灭了敌人下了山，
他俩又回到林家湾。
脱下军装刻石菊，
放下枪杆拿刀錾。

全国革命胜利了，
手摸心口看红旗。

听说毛主席住北京，
从此后他俩无消息。

十月一日北京城，
开国大典齐欢庆。
满城红旗人人笑，
天安门前大阅兵。

人群好比千重山，
欢呼就像万雷鸣。
一男一女湖南人，
身背包袱一身青。

逢人就问毛主席，
他们问毛主席在哪里？
人们手指天安门，
红旗下站着毛主席。

身带湖南乡下土，
脚沾井冈山上泥。
千里路上来献宝，
双手献给毛主席。

石菊生在大河底，
千刀万錾刻成菊。
朵朵菊花表深情，
片片菊叶诉感激。

看过盆菊看他俩，
盆菊怒放开红花。
香气四射遍广场，
人海里飘起万朵花。

1950 年冬—1951 年春初稿于武汉，
1957 年 2 月修改于北京，
1978 年 5 月再改于北京。

图书在版编目（CIP）数据

王贵与李香香 / 李季著. -- 上海 : 上海文艺出版社, 2023

（红色经典文艺作品口袋书）

ISBN 978-7-5321-8624-2

Ⅰ. ①王… Ⅱ. ①李… Ⅲ. ①叙事诗－中国－当代 Ⅳ. ①I227.3

中国国家版本馆CIP数据核字(2023)第037816号

发 行 人：毕　胜

责任编辑：胡艳秋

封面设计：陈　楠

美术编辑：钱　祯

书　　名：王贵与李香香

作　　者：李　季

出　　版：上海世纪出版集团　上海文艺出版社

地　　址：上海市闵行区号景路159弄A座2楼 201101

发　　行：上海文艺出版社发行中心

上海市闵行区号景路159弄A座2楼206室 201101 www.ewen.co

印　　刷：上海中华印刷有限公司

开　　本：787×1092 1/32

印　　张：4.625

插　　页：4

字　　数：51,000

印　　次：2025年1月第1版 2025年1月第1次印刷

I S B N：978-7-5321-8624-2/I.6792

定　　价：35.00元